기획의 말

그리운 마음일 때 'I Miss You'라고 하는 것은 '내게서 당신이 빠져 있기(miss) 때문에 나는 충분한 존재가 될 수 없다'는 뜻이라는 게 소설가 쓰시마 유코의 아름다운 해석이다. 현재의 세계에는 틀림없이 결여가 있어서 우리는 언제나 무언가를 그리워한다. 한때 우리를 벅차게 했으나 이제는 읽을 수 없게 된 옛날의 시집을 되살리는 작업 또한 그 그리움의 일이다. 어떤 시집이 빠져 있는 한, 우리의 시는 충분해질 수 없다.

더 나아가 옛 시집을 복간하는 일은 한국 시문학사의 역동성이 드러나는 장을 여는 일이 될 수도 있다. 하나의 새로운 예술작품이 창조될 때 일어나는 일은 과거에 있었던 모든 예술작품에도 동시에 일어난다는 것이 시인 엘리엇의 오래된 말이다. 과거가 이룩해놓은 질서는 현재의 성취에 영향받아 다시 배치된다는 것이다. 우리는 현재의 빛에 의지해 어떤 과거를 선택할 것인가. 그렇게 시사(詩史)는 되돌아보며 전진한다.

이 일들을 문학동네는 이미 한 적이 있다. 1996년 11월 황동규, 마종기, 강은교의 청년기 시집들을 복간하며 '포에지 2000' 시리즈가 시작됐다. "생이 덧없고 힘겨울 때 이따금 가슴으로 암송했던 시들, 이미 절판되어 오래된 명성으로만 만날 수 있었던 시들, 동시대를 대표하는 시인들의 젊은 날의 아름다운 연가(戀歌)가 여기 되살아납니다." 당시로서는 드물고 귀했던 그 일을 우리는 이제 다시 시작해보려 한다.

기획의 말

그리운 마음일 때 'I Miss You'라고 하는 것은 '내게서 당신이 빠져 있기(miss) 때문에 나는 충분한 존재가 될 수 없다'는 뜻이라는 게 소설가 쓰시마 유코의 아름다운 해석이다. 현재의 세계에는 틀림없이 결여가 있어서 우리는 언제나 무언가를 그리워한다. 한때 우리를 벅차게 했으나 이제는 읽을 수 없게 된 옛날의 시집을 되살리는 작업 또한 그 그리움의 일이다. 어떤 시집이 빠져 있는 한, 우리의 시는 충분해질 수 없다.

더 나아가 옛 시집을 복간하는 일은 한국 시문학사의 역동성이 드러나는 장을 여는 일이 될 수도 있다. 하나의 새로운 예술작품이 창조될 때 일어나는 일은 과거에 있었던 모든 예술작품에도 동시에 일어난다는 것이 시인 엘리엇의 오래된 말이다. 과거가 이룩해놓은 질서는 현재의 성취에 영향받아 다시 배치된다는 것이다. 우리는 현재의 빛에 의지해 어떤 과거를 선택할 것인가. 그렇게 시사(詩史)는 되돌아보며 전진한다.

이 일들을 문학동네는 이미 한 적이 있다. 1996년 11월 황동규, 마종기, 강은교의 첫번째 시집들을 복간하며 '포에지 2000' 시리즈가 시작됐다. "생이 덧없고 허기로울 때 이따금 가슴으로 암송했던 시들, 이미 절판되어 오래된 명성으로만 만날 수 있었던 시들, 동시대를 대표하는 시인들의 젊은 날의 아름다운 연가(戀歌)가 여기 되살아납니다." 당시로서는 드물고 귀했던 그 일을 우리는 이제 다시 시작해보려 한다.

트렁크

문학동네포에지 001

김언희 시집

트렁크

시인의 말

저문 날 지붕 위에 올라가 앉아 있으면 검은 도둑고양이 한 마리가 소리 없이 발치에 와 웅크린다. 언제나 팔을 뻗어 닿을 수 없는 거리를 유지한 채…… 길들일 수 없는 짐승. 밤보다 더 검은 놈. 배반의 명수. 고양이는 주인을 선택한다.

이 시편들 역시 독자를 선택할 것이다. ……배반하려고.

1995년 여름
김언희

개정판 시인의 말

그때조차도 나는 내 불꽃 옷을 입고 춤추리라.
그의 독재, 절대적 왕국에게
나의 최음제로
상처를 입히며.

앤 색스턴을 빌려

2020년 10월
김언희

차례

시인의 말 5
개정판 시인의 말 7

트렁크 13
늙은 창녀의 노래 2 14
한다 15
떨켜 16
모과 17
HOTEL ON HORIZON 18
의자였는데 19
복숭아 20
이봐, 오늘 내가 21
아버지, 아버지 22
못에게 23
모나리자 화장지 24
파반느 25
음화 26
꽂꽂이 27
고요한 나라 1 28
미륵 30
비디오 가을 31
아버지의 자장가 32
성당 33

4장 4절 34
드라큘라 36
유리집 37
얼음여자 38
허불허불한 39
육자배기로 40
너는 42
가을비 43
송곳니가 아래턱을 44
백합, 백합, 백합 45
저, 옐로 하우스 46
아침식사 47
꿈의 전부 48
마데카솔 49
늙은 창녀의 노래 1 50
탈수중 51
늙은 창녀의 노래 4 52
떨어지는 꽃잎 하나 53
빨래 54
……? 55
태어나보니 56
소요유(逍遙遊) 57
마리아의 노래 58
피맛을 아는 59

늙은 창녀의 노래 3 60
거두절미 61
동행 62
잎, 또는 63
초록 세월 64
공 66
찔레 67
룹 알하리 68
꽈리 부시네 69
전생(轉生) 70
산월 71
입속의 길 72
고요한 나라 2 73
왜, 모조리 74
미꾸라지숙회 75
출가 76
방 78
새 쑥 79
겸상 80
춘궁(春窮) 81

트렁크

이 가죽 트렁크

이렇게 질겨빠진, 이렇게 팅팅 불은, 이렇게 무거운

지퍼를 열면
몸뚱어리 전체가 아가리가 되어 벌어지는

수취 거부로
반송되어져 온

토막난 추억이 비닐에 싸인 채 쑤셔박혀 있는, 이렇게

코를 찌르는, 이렇게
엽기적인

늙은 창녀의 노래 2

나를 입고
나를 신고
나를 걸타고
한입 또 한입 나를
베어 무는 당신
피 빨고 노래 빨고
질경질경 씹어 재떨이에
내뱉는 당신
온몸에 남은 푸른 잇자국들을
사랑할게요 시퍼렇게
사랑할게요 가지 말아요
버리지 말아요 나의
기둥서방 당신
붙잡을 바짓가랑이도 없는 당신
입에서 항문으로
당신의 음경에
꼬치 꿰인 채
뜨거운 전기오븐 속을
빙글빙글빙글
영겁회귀
돌고 돌게요 간도
쓸개도 없이

한다

한다
한시간이고
두시간이고한다
물을먹어가며한다
하품을해가며꾸벅꾸벅
졸아가며한다
한다깜빡
굴러떨어질뻔하면서그는
그가왜하는지
모른다무엇
과,하고있는지도
부르르진저리를치면서그가
한다무릎과팔꿈치가벗겨지면서이제는
목을졸라버리고싶지도
않으면서,한다
한다밤새도록걸어다니는침대위에서
칠십네바늘이나꿰맨그가
죽다살아난그가
한다한다
한다천번도넘는

떨켜

스타킹을 벗으니
넓적다리가
머리를 빗으니
머리 가죽이
홀러덩
벗어져버린다
깔깔깔 웃다가
웃던 입이 영영 안 다물어지고
덜커덕
턱뼈 내려앉는 소리
횡단보도로 내려서다가
모가지가, 툭
떨어져
두구르르 굴러간다
행인들의 발치에
이리저리
차이면서

……가을이다

모과

죽어서
썩는
시취(屍臭)로밖에는 너를
사로잡을 수 없어

검은 시반(屍斑)이 번져가는 몸뚱어리
썩어갈수록 참혹하게
향그러운

이 집요한, 주검의
구애를

받아다오
당신

HOTEL ON HORIZON

지평선
호텔

꼭대기 층
마지막 방
낡아빠진 침대 스프링이
저 혼자 삐걱이며 자위를 하고
당겨올리면
착착 맞물려 올라오는 세기말의
크리넥스, 아버지, 나는
환생한
티슈예요

바르면
그 자리서 짐승이 되는 연고

작다고 느끼세요?

더 긴 시간 원하세요, 해면체 아버지?

의자였는데

의자였는데
내가앉으니도마였다
베개였는데
내가베니작두였다
사람이었는데내가안으니
내가안으니포장육
손톱발톱이길어나는포장육
막다른데가따로없었다
꽃한송이꽃절벽
사람하나사람절벽
여기이절벽에서저기저
절벽으로내입에서내어놓은
거미줄에매달려간댕
간댕건너간다끊어
질듯끊어질듯

복숭아

1

어디 있는 것일까 복숭아는
쩍쩍 들러붙는 이 향기는 어디서 오는 걸까
발목까지 푹푹 빠지는
향기의 진창
향기의 뻘
복숭아 알레르기 나는
전신이 가려워 가려워 가려워
환장할 어디에 복숭아는
북북 긁어대면
손톱 밑에 묻어나는 찐득한 향기의 살점
어디를 건드려도 진물이 흘러내리는
도대체 복숭아는
눌러보면
움푹 손가락 자국이 남는

2

문득 보니 손가락 한 마디가 발등 위로 툭 떨어져 문득 보니 발가락 여덟 마디가 문드러지고 없어 문득 보니 뭉크러진 콧날 뻥 뚫린 구멍으로 빗물이 들이쳐 문득 보니 볼때기 위로 농해빠진 눈알이 주르르륵 흘러내려

이봐, 오늘 내가

문이, 벌컥
열리고 헐레벌떡 추억은
되돌아온다 마치 잊은 것이라도 있다는 듯이
추악한 삶보다 끔찍한 것은 추악한 추억
까마귀 고기를 먹어가며 추억은
정욕과 망각의 까마귀 나를
구워 먹으며 추억은
나보다 오래
살 것이다 헐떡거리며 추억은 백 살까지
발기할지 모른다
이미
백 살일까, 이봐
오늘 내가
백 살이야?

아버지, 아버지

모든 애비는
의붓애비

아버지,

아버지,

개가죽을 쓰고 오세요……

못에게

박혀 있는 게
못의 힘인 줄 아는
바보
먹통

못 느끼겠니……?

못의
엉덩이를 두드려가며 깊이
깊이 못과
교접하는
상처의
질

의
탄력?

모나리자 화장지

그 여자, 입 없는
그 여자, 이빨도 혓바닥도 없는
그 여자, 혀를 주면 혀를 삼키는 삼키고 삼키고 삼켜서
두루마리 혓바닥으로 감겨 있는
그 여자, 살균 표백된
그 여자, 희고 부드러운
그 여자, 하늘하늘 풀려내리는
그 여자, 적당한 길이에서 당신이 쓰윽
끊어

뒤를 훔치는

파반느

비에 젖은 입들
속에서 젖은 석탄을
캐낸다 석탄 속에
흰 이빨들이
섞여 나온다 밤의
다도해…… 고이는
먹물 위에
핏물이
아직도 번진다
입 없는 당신은
눈의 혀
눈의 입술로
내게
노랠 부르는데

음화

인형이
있었다 눕히면 눈을
감았다 치마를 들추고 사내아이들이
연필심으로 사타구니를 쿡쿡 찌르며 킬킬거릴 때
눈을 감고 미동도 않던 인형이
있었다 죽어, 죽어, 죽어,
책상 모서리에
패대기쳐지며
터진 뒤통수에서 지푸라기를 꺼내 보이던
비명도 한번 안 지르던 인형이
있었다 머리채를 끄잡혀
질질 끌려가며
희미하게 웃어 보이던
걸레쪽처럼 칼질 될 얼굴이
있었다 쓰레기더미 위에서
제 몸이 불타 없어지는 것을 끝까지
지켜보던 둥근
눈이

……있었다

꽃꽂이

침봉에
한번 더 꽂혀볼래?

죽여다오 죽여다오 애걸해 볼래?

목구멍에 철사를 박아 더 오오래
못 시들게 해주랴?

찬물을 뿜어 몇 번이고
진저리치며 깨어나게 해줄까?

몇 번이나, 더

단말마의
오르가슴을
맛보고 싶니, 내 마음아?

고요한 나라 1

반짝반짝 개털 난다
개 한 마리 짖지 않는 개의 나라

기다리는 기다리는 기다리는 노여운
고요가 고요를 도살하는

고요한
백정의 나라

피 묻은 혓바닥을 널름거리는
일렬횡대의 칸나 꽃

시간의 피를
핥아먹으며 주검만

자란다 무럭무럭 키가 크는 주검의
검붉은 혀

기다리는 것이 와도 얼굴을
알아보지 못하는

동자 잃은 눈들이 붉게
붉게 불타는 징역의 언덕

아무도 부르지 않는다
아무도 대답하지 않는다

미륵

발가락 사이사이 티눈까지 황금빛이다
무르익은
미륵

뇌살적이다. 농염한

천년 묵은
엉덩이

색마

순간순간 찢어지는
시간의
처녀막

비디오 가을

마흔번째 방영되는
비디오 가을

흑백 무성이다

유통기한이 한참 지난 빵덩이가
방부제의 힘으로
푸르딩딩
견디고 있는 진열대 모서리, 대가리가 무거워
뜨지 못하는 잠자리 한 마리

믿을 수 없어서,

코스모스 꽃잎 하나 당겨본다…… 질겨빠진
고무질의 음순이, 당기는 만큼
늘어났다가

오므라들지
않는다

아버지의 자장가

이리 온 내 딸아
네 두 눈이 어여쁘구나
먹음직스럽구나
요리 중엔
어린양의 눈알 요리가 일품이라더구나

잘 먹었다 착한 딸아
후벼 먹힌 눈구멍엔 금작화를
심어보고 싶구나 피고름이 질컥여
물 줄 필요 없으니, 거
좋잖니……

어디 보자, 꽃핀 딸아
콧구멍 귓구멍 숨구멍에도 꽃을
꽂아주마 아기작아기작 걸어다니는
살아 있는 꽃다발
사랑스럽구나

이리 온, 내 딸아
아버지의 바다로 가자
일렁거리는 저 거대한 물침대에
너를 눕혀주마
아버지의 바다에, 널
잠재워주마

성당

이토록 둥근

유방의 성당
의 돔

순교와 배교의 열두
젖꼭지

……다시 한번 못이 되어 박혀줄 수 있겠어요, 나의 수족에?

제탁 위
촛대에 꽂힌 채
쾌락의 비지땀을 흘리며
녹아내리고 있는
희디흰
양초들

4장 4절

1
너는 무덤 속에 묻히고
나는 무덤 밖에 묻혔다

세계는 나의 부장품

복창한다아침마다복창한다새벽자명종소리에후다닥일어나다가투명한관뚜껑에이마방아를찧으며복창한다벌떡벌떡뒤집혀일어서는팔척장신키대로뻣뻣하게일어서는나를자빠뜨리고자빠뜨리며복창한다, 난

시체야!

내겐
썩는 일만 남았어!

2
여직도 머리카락이
자라고, 손톱 발톱이 길어나오다니
정차 버저를 누르던 손가락이, 툭
부러지면서
피시식
먼지피가 흘러나온다. 무엇을

기다리고 있는 것일까…… 아무도
베어주지 않는 죽은 가로수들은

냄새를 풍기며 썩어갈 수분
조차도 없이

드라큘라

사람만 보면
스르르 열리는 전자동 관뚜껑

누구
내 가슴에
대못 좀 박아줄 사람
없소?

……없소?

유리집

내 집은 유리집
통유리 집
통유리 천장
통유리 방바닥
스물네 시간
조명이 꺼지지 않는 유리방에서
수음을 하고
뒷물을 하고
입을 뻐끔거리고
똥구멍에 기다랗게 잡념을 매달고 다니다가
뚝뚝 떨어뜨리는 내 집은
유리집, 알
낳을 데를 찾지 못해
만삭의 암컷이 배 터져 죽는 집
배설물에
개숫물
죽어서 떠오른
식구들의 추깃물까지
휘저어 들마셨다 내뱉는
내 집은 유리집
이음새 없는
통유리 집

얼음여자

1
보여주마
얼음답게, 몸속을
드나드는 톱날들을 환히
보게 해주마
물이 되는 살의 공포, 나를
썰음질하는 실물의
톱니들을
만지게 해주마…… 얼음
톱밥, 물이 되는
시간의
닭살들을

2
얼음톱밥에
삶은 피를 끼얹어 먹는 팥빙수

비벼 먹어라 겁내지 말고
무색무취가 무섭대서
색소로 물들인
노랑 주황
얼음핏방울

허불허불한

막기차를 놓치고
저녁을 때우는 역 앞 반점
들기만 하면 하염없이 길어나는 젓가락을 들고
벌건 짬뽕 국물 속에서 건져내는 홍합들…… 불어터진
음부뿐이면서 생은, 왜
외설조차 하지 않을까
골수까지 우려준 국물 속에서
끝이 자꾸만 떨리는 젓가락으로 건져올리는
허불허불한 내 시의
회음들, 짜장이
더글더글 말라붙어 있는 탁자 위에서
일회용 젓가락으로 지그시
벌려보는, 이
상처의

모독의

시, 시, 시, 시울들……

육자배기로

1

묻지 마라 갑자생
객줏집 칼도마라
지랄발광 네 굽질
간다 간다 하는 년이
아이 셋을 낳았구나
벼룩 등에 육간대청
쥐구멍에 홍살문
사시장철 솟증 돋는
그 구멍에 불망비
철 그른 남동풍
간다 간다 하는 년이
노루잠에 개꿈

2

소금에 아니 전 년
장에 절까

팔월 복중 개 패듯이
섣달 그믐 떡치듯이

3

칠 홉 송장
반거충이

맹문이
물신선
두부 먹다 이 빠지고
여든에 첫아이라

4
미친년 널뛰네 삶이
나와 널뛰네
내 손으로 파놓은 구덩이에
온몸으로 처박혀
발을 굴러가며 처박혀
처박힘의 힘으로
삶은 나를
나는 삶을
튕겨올리네

너는

너는, 웃는다
너는 너무
웃는다 입을 찢어가며
이빨이 모조리 쏟아져 흩어지는 너의
웃음, 너는

웃는
것이냐

가을비

한밤중에 듣는
인(燐)의
빗소리

귓바퀴 홈통을 돌아
마음은
시앙철 물받이

물받이에 떨어지는 바늘 소리……

온몸의 잎사귀들이 혀를 내밀어
비를 받는다

혓바닥에
바늘을 꽂고
오래오래 비루먹어 가려고

송곳니가 아래턱을

송곳니가아래턱을꿰
뚫었어밤낮으로
이가길어나와
들숨날숨씩씩씩
걷잡을수없어
쏠고싶어물어
뜯고싶어근지러워
없는잇몸이
근지러워미쳐제풀에
오줌을질금거리며
불안의쥐똥을
소복소복깔기며
헌책갈피건우기의
저릿저릿한전깃줄이건
물어뜯어야해
쏠아야만해
감전사의위협
따윈아랑곳없이

백합, 백합, 백합

자웅동체
암수 한몸
지척지간 한배 새끼
나는 나와
생피 붙는다
(불륜의 향기는 코를 찌르고 목을 조르고 눈구녕을 후벼파고)
씩씩거리는
향기의
여섯 발굽에 비끄러매어
이토록
찢어지고 있는
육시처참의
나는

저, 옐로 하우스

오후
두시의
귀울림, 죽은 자가
산 자를 겁탈하는 백주의
시간(屍姦), 오후
두시의
유리 구겨지는 소리
물 한 방울 없는 꽃병 속
활짝 핀 종이 개나리들이
바싹 마른 음핵을
침을 묻혀가며 문질러대는 대낮의
오나니, 샛노란
현기의 커튼
너머로
어른거리는
저어기, 우리가
죽어서 간다는

저,
옐로 하우스

아침식사

희디흰
욕정의 접시 위
물 묻은 발가숭이 빛 한 토막
진저리치는 알몸의 이슬 한 스푼
흔들리는 레이스 커튼…… 얼비치는
시간의
거웃

이 아침

물푸레 한 잎 따서 문
바람의
푸른 입

꿈의 전부

뜨거운

생의 배꼽 위에서

복상사

하는 것만이

내 꿈의

전부

마데카솔

……복합 마데카솔, 이 연고로 말씀드릴 것 같으면 딱지 위에 덧발라 흉터 없이 상처를 아물게 합니다.

흉터 없이?

아물어 붙지 않는, 쩌억
갈라진

치모(恥毛)로 뒤덮인 삶
을……?

늙은 창녀의 노래 1

훨씬 벗었어
배때기꺼정 열어젖혀놓았어
닭전 골목 평상 위
관능의 닭살 오소소 돋아오른
갓 마흔 나의 누드
헤벌어진 배때기 속에
마늘 대신 쑥 대신 당신
당신을 집어넣고
통째 욱여넣고
끓는 기름의 고요
속으로 투신하고 싶어
자그르르
튀겨지고 싶어, 쉴 새 없이
가로젓던 대가릴랑
토막쳐버렸어, 이리 와
당신, 이리 와
배때기째 벌려지는, 이
허기 속으로

탈수중

탈수중엔 뚜껑을 열지 마시압

몸체를 격렬히 떨며
회전 수축하는
기계 질(膣)

손대지 마시압 나는 지금
탈수중
탈수중
탈수중

혈관 속을 흐르는 전기 피
전기 욕정으로
요분질
중

혀를
빼어물도록 쥐어짜인
쭈글쭈글한 껍데기 세상을
퉤,
뱉어버리기 위하여

늙은 창녀의 노래 4

이런, 짖는군
뜨끈뜨끈한
수육이, 짖어
김이 무럭무럭 피어오르는 수육을
젓가락으로 뒤적거리며, 배다른 생이
낄낄거린다. 이봐
탕, 짖었어?
날 보고
꼬리를 흔들었댔어?
뚝배기 속에서?

떨어지는 꽃잎 하나

떨어지는 꽃잎 하나 내 눈동자 기름 더께에 발이 찐득 붙어버리다 또 한 잎 떨어지다가 하늘하늘 떨어져내리다가 미끈덕 나뒹굴어지다 끈끈이 각막에 몸이 붙어 하르르르 떨고 있는 살분홍 꽃잎 찐득찐득한 내 마음 두꺼비 혓바닥이 널름 입 속으로 말아가버리다

빨래

버저가 울리면
뚜껑을 열고
가족들을 끄집어낸다
분당 칠백 회전
와류식 세탁조 속에서
얼마나 서로를 붙들고 늘어졌던지 식구들은
근친상간의
사람 똬리를 틀고
팔다리가 엉겨 떨어지지도 않는다
표준 탈수
침도 땀도 흘리지 않는 식구들을
빨랫줄에 널어 걸치며 단단히
일러준다 줄 밖은
낭떠러지야
쓸개나 허파야 뒤집혔건 말건
여벌의 팔다리 있는 전부로 턱을
걸어, 바람을 핑계 삼아
늘어진 넓적다리로
친친 휘감아도 버려
발이 땅에 닿지 않는 허공을
팔다리를 흔들어가며
걸어야 한단 말야
하루종일

……?

해부용이었니…… 나
는?

(마취 풀린 개구리 한 마리가 내장을 질질 끌며 달아나고 있는 테이블 위)

이렇게, 절개되기로 되어 있었니?

오장육부까지
꺼내 보여야만 했어?

주르륵 흘러내리는 기억의 창자를 끌며 어기적거리는

어기적거리는, 이게, 내, 인생이니…… 봉합
되지 않는?

태어나보니

……태어나보니
　　냉장고 속이었어요

갈고리에 매달린 엉덩짝이 나를
낳았다는데 무엇의
엉덩짝인지
아무도 모르더군요

지하 식품부
활짝 핀 살코기 정원에서
고기가 낳은
고기

……날 때부터 고기
　　였어요

육회와 수육
창창한
육절기(肉切機)의 세월이 기다리고 있다고

정다운 갈고리 아버지
나를 꿰어 들고
계셨어요

소요유(逍遙遊)

연기로 만들어진 개, 나는

빈
세계를
느릿느릿
떠
돌아다닌다

발목도 없이

바람에
밟혀

흩어지곤 하면서

마리아의 노래

본 적이 있어?
길바닥에 서서 애 낳는 여자
양수 한 방울 흐르지 않는 출산을?
신호가 바뀔 동안
껌을 짝짝 씹어가며
마른 아이를 낳아본 적이 있어?
부츠 속으로 흘러들어간 아이를
끄집어내어본 적이?
건드리면 모가지가 떨어져버리는 지상아(紙狀兒)를
안아본 적이 있어?
자궁 속에서 이미 구겨박질린
꾸깃꾸깃한 종이아이를
손아귀에
뭉쳐 쥐어본 적이 있어?
가까운 휴지통에 던져넣어본 적이?
신호가 바뀌면
씹다 만 껌을 다시 씹으며
뒤도 돌아보지 않고 횡단보도를 건너본 적이
있냐구, 넌?

피맛을 아는

토막쳐지면서
똥구멍으로 까뒤집혀지면서
땡볕에
오장육부가 꾸들꾸들 말라가면서
피맛을 아는 나는
살에도 붙고
넋에도 붙는
찰거머리
나는

늙은 창녀의 노래 3

내일은
드려요, 모레
꼭 드릴게요
저기 저 공사장 개잡부들이
히들히들 웃으며 갚을 생각 않는 밀린
화댈 받으면 가, 갚을게요
꼭 갚을게요. 가죽고리에
짐승처럼 사지를
비끄러매인 채 울부짖는데
분만대에 빙 둘러선
표정 없는 집달리들
달수도 못 채우고
겸자로 찍혀 나온
핏덩이의 이마에
차압!
붉은 딱지를 붙여
파르르르 질린
첫울음 소리에 마저
차압이요, 차압!
붉은 인지를 붙여

거두절미

두드릴 필요 없는 문

열면, 열리는
냉장고 속에서

탱탱한 비닐 정조막을 덮어쓰고
비늘 친 알몸으로 당신의
식욕을
기다린다

마음놓고 상할 수도 없는 몸이

거두절미(去頭截尾)

잘 장만된
가운데 토막으로

동행

복개 안 된 하수도
썩은 물 위로 달이 걸어간다
내가 긁어낸 십일 주의 난자
죽은 쥐새끼처럼 버려진 달이
맨발로 걸어간다 유릿조각을 밟고
발바닥이 찢어지는 달
하늘에 싸늘히 떠 있는 달과
개흙 위를 절름절름 걸어가는
발바닥 찢어진 달은
같은 달일까…… 달일까
젖은 개털 같은 삶 하나
부르르 전신을 떨며
달을 따라
절룩절룩 걸어가는 밤

잎, 또는

천 개의 잎은
천 개의 비명이다

느리고
느리게
구토가 치밀도록 느리게 집행되는

능
지
처
참
의 나무들

찢어질 수 있는 한 살아 있을 수 있다고

연두 연두 불연두
찢어지는 비명의 잎잎이
뛰노는 바람의 새끼들……

초록 세월

미끄러운 물이끼
물미끄럼 치는 초록 세월, 칼도

빛도 꺾이어 들어간다
찌를 수 없는 물밑 세상, 흐르면서
흐르지 않는구나…… 죽지 않고는 그 무엇도
배때기 뒤집어 떠오를 수 없는
나라

입을
뻐끔거려보아도
물방울만 뽀글뽀글 올라간다 수면에
닿기도 전에 터져버리고 마는
물거품들만

잠들어라 잠들어라 잠……들어,

귓부리를 핥는
최음의 비단 혓바닥에 일신을 맡기고

익사와 수몰의 젖은 꿈에 잠기어
고요히
난들거린다

미끄러운
초록 세월

공

공처럼
살지, 각을
모조리 안으로 삼켜버린
둥긂, 탱탱한
증오의
표면장력으로
일촉즉발
나를 내지르는 힘의 충직한 방향과 속도가 되기 위하여
숨구멍 하나 없는 자폐의 탄력으로
탱글거렸지, 아아, 무서운 건
멈춰 있는
공포, 최소한의 접지만을 허용하는
피가
마르는

찔레

내 기다림의 지뢰를 밟은

내 그리움의 뇌관을 건드린

……보라, 가청권 밖의 이 폭음

수습할 길 없는 이 참사를

슬로비디오로 찢어지고 있는

당신 넋의 눈부신 사지를

룹 알하리

낙타 타고 당신이
명사산 지날 때
두 다리 뻗고, 난
사막을 퍼먹는다
한 숟갈 또 한 숟갈
으적으적 씹어 삼키는
삼시 세끼
고봉의 사막
뿌득뿌득 모래살이 찌더니 미어질 듯
미어질 듯 모래자루가
미어지더니, 터진
모래자루
구멍 구멍 모래가 샌다
눈구멍 콧구멍 귓구멍
움직일 때마다
샌다 스르르
스르르르르

꽈리 부시네

가랑이 사이로 자궁을
가랑이 사이로 오장육부를
가랑이 사이로 영혼마저 긁어낸 나를
속창 빠진 나를
하느님
꽈리
부시네

전생(轉生)

도롱뇽이 그리워 환장한 도롱뇽, 비비추가 그리워 환장한 비비추, 사람이 그리워 환장한 사람, 하며 실성한 갖은 잡색의 울음 뭉뚱그려 아픔이 아픔을 핥고, 신음이 신음을 핥아가며, 나를 타넘어 어흐넘차 굴러가는 무쇠 수레바퀴, 바큇자국……

산월

마음만 섞어도
애가 서는구나
들통이구나
체외수정이란 게
이런 것일 줄
꿈에도 몰랐구나
생소주잔에 섞인
눈빛만으로도
애가 들어서는 줄
마른 입덧을 해가며
처음 아는구나
산월이 다가오는데
부득부득
온 하늘이 불러오는데
어디다
몸을 풀어야 할지
막막하구나

입속의 길

1
길들만이 나를
핥아주었네
혀끝이
수없이 갈라진 혓바닥으로

입속의 길

입천장에
달이 뜨고, 해가 뜨고

2
소화되어지면서
흡수되어지면서
찌꺼기만 남아
똥이 되어가면서
냄새를 풍겨대면서
점점 땐땐해져가면서
항문으로 밀려가는
코를 찌르는
구절양장, 이

분뇨의 길

고요한 나라 2

고막 찢어진 개들은
여기 깜빡 잠들고

늙은 개들은 고요히
고인 빗물을 핥는다

네가 오라고
깔아놓은 내 마음의

이음새 이음새마다
돋아나는 맨드라미

역사(驛舍) 주변

활활활
불볕에 타오르는

맨드라미
의 붉은 쓸개

왜, 모조리

장바구니를 들고 오늘은 또 무엇을
똥으로 만들어줄까
미나리 상추 쑥갓
바지락 피조개
펄펄 뛰는 저 도다리란 놈을 똥으로
만들어버려……?
항문을 쩝쩝 다시며 지나가는
과일전 좌판 위에
황도 백도 천도 복숭아들
등천하는 저 향기를 구린내로
저 신선한 과육들을
똥으로 만들어버리는 무서운
분뇨의 회로 나를
거치면 모든 것은 왜
심지어 당신, 심지어
하느님까지, 내게서
나오는 것은
왜 모조리

미꾸라지숙회

희망, 희망 하시니까 드리는 말씀인데요
미꾸라지숙회라는 음식을 잡숴보셨는지요
산청 생초 명물이죠
기름 둘러 달군
백철 솥 속에
펄펄 뛰는 미꾸라지들을 집어넣고
솥뚜껑을 덜썩이며 몸부림치고 있는 미꾸라지들 한가운데에
생두부 서너 모를 넣어주지요
그래 놓으면
서늘한 두부살 속으로
필사적으로 파고들어간 미꾸라지들이
두부 속에 촘촘히 박힌 채
익어 나오죠
그걸 본때 있게 썰어
양념장에 찍어 먹는 음식인데요
말씀하시는 게, 그
두부모 아닌가요
우리 모두 대가리부터 파고들어가
먹기 좋게 익혀져 나오는
허연 두부살?

출가

가출했던
집으로
출가한다.

일주문이란
들어갈 곳도 나갈 곳도 없는 곳에 서 있는
문

눌어붙은 경전의 밑바닥을 쇠수세미로
광이 나도록 닦노라면

띠까띠까띠까
저팔계와 손오공을 데리고 삼장법사가
노란 지프를 몰고 가는
등뒤의
서역……

헛손질 헛발질로만 갈 수 있는 도가
있습니다 믿셥니까 믿
셥니다, 모근이 약한
마음은
머리카락처럼 빠지고

빠진 머리카락은

수챗구멍을 못 빠져나가고
아무것도 못 빠져나가게 하고
밥풀 찌끼 기름때에 또다시
엉키고 설킨다

방

1

아무도 열어보지 않은 방 한 칸 아무도 살아보지 않은 방 한 칸 밝고 밝은 고문의 방 한 칸 나날의 심문 나날의 번복 빠알갛게 달구어진 필라멘트 진공의 방 한 칸 이 방은 문이 없다 이 방은 벽이 없다 그러나 오늘부터 그러나 당신 방이다 받아라 이 열쇠를

2

벽들이도망쳐버린
끝없는방
그곳에문득걸상이하나
놓였다기다림기다림기다림참혹한
막다른안보이는마침내
기다리는것의얼굴을
뜯어먹어버린,혀
빼문기다림
의끝에오는징그러운잠을걸상은
자고있었다모로
쓰러진채로
벽들이
주저앉아버린막막한
방,함부로내어던진절규의팔다리들이
직각으로
꺾어져있었다

새 쑥

권 채
얼어붙은 눈
물…… 살얼음 져 빛나는
써레질 기다리는 논
바닥, 언젠가는 갈아엎어야 할 너의
눈동자. 보습 깊이 박아
살점 살점
일구어내어야 할
상처의
두둑, 겨우내
불로 닦은 자리
새파랗게
새 쑥
돋는다 뜯어 먹으라고
돋는다 다시
한번

겸상

더운밥 한 그릇 잘 먹고 온 사람에게
쉰밥 한 그릇 권한다
밥상보 둘러쓰고
저 혼자 쉬어터진 쉰밥 한 그릇 자꾸 권한다
쉬어터진 밥알과 밥알 사이 실곰팡이
허이옇게 늘어지는
손가락 사이가 쩍쩍 들러붙는 희미한 옛사랑의 그림자 한 그릇
꾸역꾸역 권한다
둘이 먹다 하나가 죽어도 모른다고
냉장고 속에서 막 꺼낸 얼음밥 한 그릇 또 권한다
밥주발 가장자리 말라붙어 찌르는 회한의 밥풀
남김없이 긁어먹자고 둘이
먹다 하나가
죽자고 죽은 줄도 모르고
마주앉아 썩어가자고

춘궁(春窮)

사람 냄새, 아아

환장할
사람 비린내여

사방을 킁킁거린다

사람이 그리워
주둥이가 질질 끌리는 봄날……

문학동네포에지 001
트렁크
© 김언희 2020

1판 1쇄 발행 2020년 11월 22일
1판 2쇄 발행 2024년 7월 25일

지은이—김언희
책임편집—김민정
편집—유성원 김필균 김동휘 송원경
디자인—이기준
저작권—박지영 형소진 최은진 서연주 오서영
마케팅—정민호 박치우 한민아 이민경 박진희 정유선 황승현
브랜딩—함유지 함근아 박민재 김희숙 이송이 박다솔 조다현 정승민 배진성
제작—강신은 김동욱 이순호
제작처—영신사

펴낸곳—(주)문학동네
펴낸이—김소영
출판등록—1993년 10월 22일 제2003-000045호
주소—10881 경기도 파주시 회동길 210
전자우편—editor@munhak.com
대표전화—031-955-8888 / 팩스—031-955-8855
문의전화—031-955-2689(마케팅), 031-955-8875(편집)
문학동네카페—cafe.naver.com/mhdn
인스타그램—@munhakdongne / 트위터—@munhakdongne
북클럽문학동네—bookclubmunhak.com

ISBN 978-89-546-7041-8 03810

www.munhak.com

문학동네